AF296561

PÉLADAN

OEdipe et le Sphinx

Tragédie en trois actes

TEXTE CONFORME A LA REPRÉSENTATION DU 1ᵉʳ AOUT 1903

AU

THÉATRE ANTIQUE D'ORANGE

PARIS

SOCIÉTÉ DV MERCVRE DE FRANCE

XXVI, RVE DE CONDÉ, XXVI

MCMIII

ŒDIPE ET LE SPHINX

PÉLADAN

OEdipe
et le Sphinx

Tragédie en trois actes

TEXTE CONFORME A LA REPRÉSENTATION DU 1ᵉʳ AOUT 1903

AU

THÉATRE ANTIQUE D'ORANGE

PARIS

SOCIÉTÉ DV MERCVRE DE FRANCE

XXVI, RVE DE CONDÉ, XXVI

MCMIII

A

PAUL MOUNET

Au génie, à l'ami.

PÉLADAN

7 juillet 1903.

PREMIER ACTE

Les Trois-Chemins (*Triodos*), en Phocide, carrefour où se croisent les trois routes de Daulis et Khéronée, d'Ambrosios et de Delphes.

SCÈNE I

ŒDIPE, LYCHAS

ŒDIPE, absorbé.

Celui qui porte, dans son cœur, l'enseignement du temple,
l'exemple du foyer, les baisers de sa mère ;
et s'étudie à la sagesse, depuis qu'il se connaît ;
ce juste deviendrait scélérat, tout à coup ! Dérision !
En vain, je déteste le crime ; Apollon m'y condamne !
Mon cerveau ne le conçoit pas ; ma main l'accomplira !
Dérision Olympienne !

LYCHAS

Quelle atroce pensée l'obsède !

ŒDIPE, exalté.

Immortels! obscurcissez le mystère de votre essence,
restez impénétrables et glorieux et bienheureux ;
sur nos âmes régnez, mais ne les troublez pas méchamment ;
et vous même, ô Dieux, obéissez à la justice !
Sinon, croulent les temples sur leurs mystères abolis ;
que le dernier autel devienne la margelle d'un puits ;
et que l'instinct, comme avant Prométhée,
règne partout et nous ramène à l'animalité.
Mais, s'il est vrai que, par la volonté,
l'homme conquiert une plus grande dignité ;
si Hercule eut raison de suivre la vertu,
Achille, de préférer la gloire ;
si la justice enfin, préside aux destinées :
expliquez-moi la mienne, tyrans célestes?

LYCHAS

Œdipe, au nom des Dieux !

ŒDIPE

Qui m'appelle? Toi, Lychas. Ici?

LYCHAS

Reviens à Corinthe, ô Prince !

ŒDIPE

Jamais, jamais !

LYCHAS

Ecoute la raison! Ecoute l'amitié.

ŒDIPE

Va-t-en !

LYCHAS

Qui l'eût cru, en te voyant assis à ce festin,
que tu le quitterais sous le fouet des Furies.

ŒDIPE

Tu étais là, Lychas, et tu as entendu ?...

LYCHAS

Ce propos d'un buveur stupide, tu ne peux l'oublier ?

ŒDIPE

Je veux l'entendre encor !

LYCHAS

Ce convive, échauffé par le vin, dit, en te regardant,
que plusieurs ignoraient leur vrai sang ;
qu'on voyait des enfants trouvés, au pied du trône ;
« Toi-même, Œdipe, » cria-t-il, « es-tu fils de Polybe ? »

ŒDIPE

Je saisis une amphore....

LYCHAS

On arrêta ton bras.

ŒDIPE

Dès l'aube, j'éveillai mes parents, je racontai l'affront ;
ils s'indignèrent, jurant que j'étais bien leur fils,
et qu'ils m'aimaient.

LYCHAS

Ni protestations ni caresses ne dissipèrent ton souci.

ŒDIPE

Il est dans ma nature d'aller au fond des choses,
et de pousser toute aventure au dénouement.
Je m'élançai sur la route de Delphes.
Je trouvai de sombres pontifes
qui voulurent d'abord m'écarter.
Je criai, j'implorai, je menaçai,
j'obtins une réponse épouvantable ?

LYCHAS

Oserai-je t'interroger?

ŒDIPE

C'est un secret terrible entre moi et les Dieux.

LYCHAS

Tu as fait un serment et tu vas l'accomplir
Tu reviendras ensuite ?

ŒDIPE

Jamais, jamais, te dis-je.

LYCHAS

Songe à tes vieux parents qui déjà se désolent,
à ton père Polybe, ce vénérable roi, à Mérope, ta mère !

ŒDIPE

On me cherche : on s'inquiète à cette heure.
Sans ma folle démarche au prophétique sanctuaire,

je serais encor à Corinthe, près de mes chers parents.
Hélas ! — Pourquoi m'as-tu suivi ?

LYCHAS

Je t'ai vu quitter le palais dans un accès de frénésie.
J'ai craint l'éclat de ton irascible nature.

ŒDIPE

Tu m'as suivi ; tu l'as osé ?

LYCHAS

A Delphes, quand tu sortis du temple,
ton visage éperdu m'effraya : tu semblais insensé.
Tes pas précipités t'éloignaient de Corinthe ;
tout le jour, j'ai marché dans ton ombre :
voici le soir venu.....

ŒDIPE

Quitte-moi ! Je l'ordonne !

LYCHAS

Que dirai-je à ton père, à mon roi ?

ŒDIPE, attendri.

Dis-lui, Lychas. (Violent.)....Non ! Va-t'en,
ta présence augmente mon souci !
Ne me réplique rien ! Ma colère est terrible !
Malheur à qui voudrait me barrer le chemin.
Obéis, disparais, si tu tiens à la vie,
car je suis furieux, et je te frapperais.

Œdipe le chasse.

SCÈNE II

ŒDIPE, seul.

La fatale _unique, linceul du grand Alcide,
l'inguérissable plaie de Philoctète,
les chiennes de Thémis acharnées sur Oreste,
tous les supplices perdent leur épouvante
devant cet oracle sans nom !
Je serai, moi, Œdipe, l'assassin de mon père,
le frère de mes fils ; oui, l'époux de ma mère.
Apollon ! Apollon ! Dieu de clarté, Dieu pur !
Moi, je tuerais, de ces mains, celui qui m'a donné la vie
et je féconderais le ventre d'où je sors ! Atrocité !
Conception du délire, invraisemblable amas de sacrilèges
que les annales d'aucun peuple n'ont raconté ;
qui salissent l'esprit, pour y avoir pensé ;
qui souillent la lèvre, même indignée, qui les prononce !
Oh ! Dussé-je courir, des colonnes d'Hercule jusqu'à l'Hyperboré
Dussé-je, aux sombres bords, descendre comme Orphée
et cacher ma vertu jusqu'au fond des enfers ;
je mourrai pur de ton sang, ô Polybo,
vieillard auguste qui m'éleva avec des soins si tendres.
Et toi, douce et chaste Mérope, tu ne sentiras pas
l'impureté surgir dans mes baisers de fils.
Vous accuserez ma piété ; vous me croirez ingrat

oh ! vous me maudirez, peut-être en me pleurant ;
et des mains étrangères vous fermeront les yeux.
Je ne vous reverrai jamais, ô mes parents.
Hélas ! Ainsi l'aura voulu le Dieu prophète.

> Il va casser une forte branche.

Au lieu du sceptre que je devais tenir un jour
il faut prendre un bâton à l'arbre du chemin.

> Il s'assied au milieu de la route et façonne le bâton.

J'entends au loin rouler un char.....
Le Prince de Corinthe n'est plus qu'un être errant
seul au monde, sous la haine des Dieux !

SCÈNE III

ŒDIPE, assis au milieu de la route, LE HÉRAUT

LA VOIX DU HÉRAUT

Holà, l'homme, fais place !

ŒDIPE, à demi absorbé

Je fais place au destin ! Qu'il passe. Oh ! loin de moi !

LE HÉRAUT

Hé, l'homme, lève-toi ! Débarrasse la route !...
En scène. Vite, debout !
Celui que je précède n'a cédé le pas à aucun....
Debout ! Au large ! ou sinon, par Hercule.....

2.

ŒDIPE

Par Hercule, si je me lève,
toi, tu te coucheras pour un très long sommeil !

LE HÉRAUT

Tu me parais robuste ; mais nous sommes plusieurs...

ŒDIPE, regardant vers la coulisse.

L'homme est âgé sur le char ;
après celui qui tient les rênes,
je ne vois que deux serviteurs ;
puis un esclave vêtu de peau, qui suit à peine.

LE HÉRAUT

Te lèves-tu ? Je frappe...

ŒDIPE

Veux-tu périr ? Frappe !

Le héraut lève son bâton.

Tu viens de prononcer toi-même ton arrêt :
porte donc mon salut à Pluton,
et rejoins les ombres des téméraires !

Le Héraut tombe.

SCÈNE IV

LAIUS, ŒDIPE

LA VOIX DE LAIUS

Vous tenez l'attelage. En scène. Mon héraut !

OEDIPE

Le voici !

LAIUS

Tu l'as tué?.. Misérable !

OEDIPE

Je me suis défendu !
Le serviteur toujours incarne les vices de son maître
Ton aspect te révèle, irascible, dur et hautain !
Tu as déjà fourni ta plus longue carrière ;
ne risque pas des jours déjà comptés.
Passons chacun notre chemin.

LAIUS

Je n'ai jamais laissé un outrage impuni.

OEDIPE

Ni moi ! L'homme au char, regarde-moi bien :
je ne suis pas un mortel ordinaire.
Les Dieux ont des desseins sur moi.
Continuons tous deux notre route ?

SCÈNE V

OEDIPE, LAIUS, LE CONDUCTEUR, PREMIER SERVI-
TEUR, DEUXIÈME SERVITEUR

LAIUS

Eh ! là, vous autres, saisissez-le, car il veut fuir.
Tous ensemble, accablez le brigand !

ŒDIPE

Mais c'est toi, le brigand,
qui lances quatre chiens contre le voyageur.
Il se trouve qu'il est de taille à se défendre ;
débile, il subirait ton odieuse loi.

LAIUS

Lâches ! vous laissez insulter votre maître

> Le conducteur s'avance et attaque
> Œdipe.

ŒDIPE

Toi, conduis ton char dans le séjour des ombres !

> Le conducteur tombe et les autres re-
> culent.

La rage brille dans tes yeux, elle agite ta barbe déjà blanche.
Après avoir tué ceux-là, il faudra te frapper, vieillard :
Une secrète voix me crie de t'épargner.
Au nom de la sage Athéné,
l'homme au char, laisse-moi passer !

LAIUS

Maudit, si tu savais mon nom...

ŒDIPE

Tu t'appelles l'affront !

LAIUS

Toi, le meurtre et le vol!
Sois maudit dans tes fils, si tu engendres ;
du foyer qu'ils te chassent et qu'entre eux ils s'égorgent.

ŒDIPE

Sois maudit dans ta couche, si tu as une épouse;
que le malheur sur ton seuil s'accroupisse......
Ta main, sur l'aiguillon se crispe! Prends garde!
Qui me frappe, jeune ou vieillard, esclave ou roi,
ferme ses yeux aux rayons du soleil.

LAIUS

Cesse de l'offenser, la divine lumière!

ŒDIPE

Ah! forcené, tu m'as touché au front!
Eh bien! Rejoins ta race, obscure ou éclatante!

LAIUS

A moi! Je meurs! Immortels, vengez-moi!

Il tombe.

PREMIER SERVITEUR

Fuyons! Le roi est mort.

DEUXIÈME SERVITEUR

Ensemble, vengeons-le !

ŒDIPE

L'exemple des héros vous enflamme, Pygmées. Au Styx! au Styx!
Le maître vous appelle: allez! — Toi, tu le joins déjà!

Le premier serviteur tombe.

Et toi, tu tardes!
Au sombre bord, le maître s'impatiente;
va le servir, parmi les morts.

*Le deuxième serviteur tombe. Œdipe
regarde autour de lui et jette son bâton.*

Contemple ton ouvrage, Dieu des vengeances,
car je n'ai rien voulu de tout ce que j'ai fait
dans ce sinistre carrefour :
mon bras servit d'épée à ta rancune obscure.
Oui,j'ai versé du sang,mais Polybe,mon père est vivant.
Ces morts ne sont pas mes parents!
Où vais-je maintenant orienter mes pas maudits?
Trois routes là se croisent, mornes et fatidiques?
Le bâton,en tombant,vers Thèbes s'est tourné.
Pourquoi pas ce chemin? De Corinthe, il m'éloigne!
Oh! je triompherai des embûches d'en haut
et je sortirai pur de l'effroyable épreuve.
Ma vertu apparaîtra, brillante
comme toi-même, ô Dieu, quand l'aurore
ouvre les champs du ciel à ton char de lumière.
Cadavres, cailloux de mon chemin, qu'il a fallu briser.
Salut........ A Thèbes !

ACTE II

Décor de l'ŒDIPE-ROI. Le cortège, qui revient des funérailles de
Laïus, entre lentement, précédé du GRAND-PRÊTRE. En passant
devant le palais, chacun éteint sa torche sur le seuil et la jette.
JOCASTE vient la dernière, monte les marches et se tourne vers le
chœur.

SCÈNE I

JOCASTE, LE GRAND-PRÊTRE, LE CORYPHÉE

JOCASTE

Vous qui pleurez un père, quand je pleure un époux,
orphelins, par le même trépas, qui me fait veuve,
votre gémissement, Thébains ! exalte ma douleur.

> Il a péri, le fils de Labdakos,
> victime du Sphinx, lui aussi !
> Il allait implorer Apollon
> pour sa chère cité.

La massue des brigands l'a couché sur la route!
Venge, o Thèbes, venge ton roi.

Le père est mort, ô fils de la Cadmée.
Guerriers de l'Isménos, le chef a succombé!
Les enfants sont devenus des hommes,
depuis que le monstre horrible
barre la route et nous défie, autre Cerbère.
Crie ta détresse, ô Thèbes, jusqu'aux cieux !

Arbre déraciné, foyer éteint,
source tarie, moisson perdue,
seuil désert, glaive brisé.
O vaisseau sans pilote! O troupeau sans berger!
Pleure, ô Thèbes, pleure ton roi.

Jocaste, défaillante, entre au palais.

SCÈNE II

LE GRAND-PRÊTRE, LE CHORYPHÉE

LE CHORYPHÉE

Le vrai regret inspire des actions et non des cris.
Vengeons Laïus! Il faut découvrir les coupables.

LE GRAND-PRÊTRE

Comment? Le berger, qui fut témoin du crime,
n'a vu qu'un seul brigand.

En plein jour, sans surprise, armé seulement d'un bâton
jamais un homme n'a pu en tuer cinq, ou bien c'était Alcide !

LE CHORYPHÉE

On a retrouvé sur le char les objets précieux à Delphes destinés.
Quel dessein animait donc les meurtriers ?

LE GRAND-PRÊTRE

Les longues veilles m'ont appris à découvrir
la main des dieux cachée dans un événement
et qu'il est dangereux et impie, dès lors, d'approfondir.
Esclave ou riche, prêtre ou guerrier, citoyen ou tyran,
tous inquiets en face de Thémis et fragiles devant le tonnerre,
laissons passer l'implacable fatalité, en nous voilant.

LE CHORYPHÉE

D'où viendra le secours, le conseil ?

LE GRAND-PRÊTRE

D'en haut ! Dès que le crime fut connu,
j'ai envoyé auprès du célèbre devin, honneur de ce pays.
Tirésias nous dira l'avenir : nous connaîtrons la volonté des Dieux

SCÈNE III

LE GRAND-PRÊTRE, LE CHORYPHÉE, TIRÉSIAS

LE CHORYPHÉE

Voici le célèbre prophète : un enfant le conduit
et cependant lui-même guide les peuples et les rois.

LE GRAND-PRÊTRE

Tirésias, ô confident de la Divinité,
la Béotie, en son désastre, t'attend comme un sauveur !

TIRÉSIAS

L'enfant s'enivre de son désir, il implore
sans réfléchir, s'il sera bon pour lui d'être exaucé.
Ainsi interroge le peuple.
Ce que les Dieux vous cachent, vous voulez le connaître ?
Pensez-vous démentir leur volonté sacrée ?

LE GRAND-PRÊTRE

Lorsque l'homme s'effare sous la main du Destin,
vers le ciel, il se tourne, comme un fils en péril, vers son père.
Par ma voix, la patrie t'implore !

TIRÉSIAS

Interroge, ô pontife : je répondrai.

LE GRAND-PRÊTRE

Laïus est mort et le sphinx est vivant !
Qui a tué le roi et qui vaincra le monstre ?

TIRÉSIAS

Ce sont là deux questions : je ne ferai qu'une réponse.
Si je dénonce l'assassin de Laïus, je tairai le nom du héros.
Si je révèle comment la route deviendra libre,
l'impunité est pour longtemps acquise au meurtrier.

LE GRAND-PRÊTRE

Révèle les coupables ! Révèle le sauveur !

TIRÉSIAS

Estimez l'un et l'autre secret; choisissez.

LE CHORYPHÉE

Notre devoir est de venger le roi !

LE GRAND-PRÊTRE

Mais il faut sauver Thèbes !
Forçons Jocaste à prononcer !
C'est à elle, et non aux citoyens, de préférer
la délivrance du pays au sang des Labdacides !

Un du chœur, sur le geste du grand-prêtre, entre au palais.

TIRÉSIAS

Mes prédictions n'enseignent pas à déjouer le sort.
Curiosité stérile que la vôtre !
Le salut des cités dépend de leur vertu.
Voilà le seul oracle important à connaître !

SCÈNE IV

LE GRAND-PRÊTRE, LE CHORYPHÉE, TIRÉSIAS, JOCASTE

LE GRAND-PRÊTRE

O mère des Thébains, ô Jocaste ; voici l'infaillible devin.
Il connaît les meurtriers du roi !

JOCASTE

Parle, Tirésias.
Epouse et reine, je dois venger Laïus.

TIRÉSIAS

Autrefois, Laïus m'interrogea et mes réponses lui déplurent.
Amère à tous, la vérité est un fiel pour les rois.

JOCASTE

Les assassins de mon époux, tu ne les livres pas?
Glaucos aux Argonautes se montra plus ami...

TIRÉSIAS

Ton peuple, en m'appelant, m'a jeté deux questions.
J'ai offert, j'offre encore une réponse unique!
Veux-tu punir le meurtre d'un époux?

JOCASTE

Je le veux, certes.

TIRÉSIAS

Le Sphinx, alors, continuera sa faction sinistre!
Au contraire, renonce à la vengeance
demain le monstre se précipitera!

JOCASTE

Le châtiment du crime empêche-t'il la délivrance du pays?

TIRÉSIAS

Tu ne peux satisfaire à tous ces vivants et au mort : choisis!

JOCASTE

Je me dois d'abord à l'époux!

LE GRAND-PRÊTRE

Tu te dois à ton peuple, ô Reine!

JOCASTE

Si l'on découvre les coupables : qu'ils périssent dans les supplices.
Si le libérateur paraît : je le comblerai de largesses !
Je ne renoncerai aucun devoir, ni du sang, ni du sceptre.
Devant ta parole ambiguë, Tirésias, je me dérobe.
Impie envers ma couche, ou infidèle à la patrie,
non, je ne choisirai pas !
Et je partagerai mes inutiles larmes
entre la douloureuse Thèbes et son malheureux roi.

Elle rentre au Palais.

SCÈNE V

LE GRAND-PRÊTRE, LE CORYPHÉE, TIRÉSIAS

LE CHORYPHÉE

La reine n'a pas osé choisir.

TIRÉSIAS

Imitez sa prudence ! Si vous m'attribuez l'amitié d'Apollon,
laissez-moi partir sans répondre.

LE GRAND-PRÊTRE

Explique-nous du moins la nature bizarre du fléau
qui depuis tant d'années désole le pays.
Cette panthère au visage, aux mamelles de femme
et dont l'intelligence confond celle de l'homme,
qui donc l'a engendrée ?

TIRÉSIAS

Cela, je le dirai. Ecoutez tous !
Nos corps exhalent de la santé ou de la maladie,
et nos âmes aussi répandent leur vertu ou leur vice.
La corruption des chairs engendre l'horrible peste ;
la corruption des cœurs donne naissance aux monstres.
Le Sphinx est fils de Thèbes !

Exclamations du chœur.

LE GRAND-PRÈTRE

Toute génération est l'office de deux.
Si Thèbes est le père du Sphinx, quelle est sa mère ?

TIRÉSIAS

La malédiction de Chalcis !

LE CHORYPHÉE

Oh ! souvenir plein de honte pour nous !

TIRÉSIAS

Lorsque la peste frappa les Chalcidiens et qu'ils vinrent
en suppliants, pleins de pleurs et de faim,
les sept portes de Thèbes, devant eux, se fermèrent.
« Ils sont maudits, » disiez-vous,
les bannissant des bords Isméniens.
Ils moururent au pied de votre enceinte.
Leurs cadavres restèrent sans sépulture.
Mais, tous, en expirant, attestèrent les Dieux.
Oui, c'est leur désespoir uni à votre cruauté,
— effrayant mariage — qui enfanta le monstre.
Thèbes ferma ses portes, le sphinx ferme la route.

LE CHORYPHÉE

Quelle pitié attendre, après avoir été impitoyables?

LE GRAND-PRÊTRE

Athènes engendra, par ses fautes, l'effrayant Minotaure,
mais Thésée vint qui le tua.

LE CHORYPHÉE

Un Thésée viendra-t-il se dévouer pour nous?

TIRÉSIAS, il se dispose à partir.

Il approche!

Mouvement du chœur.

LE CHORYPHÉE

Assurance bénie!

TIRÉSIAS, il s'arrête et se retourne.

A cette heure, le meurtrier et le héros,
tous deux, entrent dans Thèbes!

Mouvement du chœur.

SCÈNE VI

LE GRAND-PRÊTRE, LE CORYPHÉE

LE GRAND-PRÊTRE

Les Dieux ne veulent pas que Laïus soit vengé!

LE CHORYPHÉE

Tirésias a vu, en son esprit,

notre libérateur franchir l'enceinte !
Comment le reconnaître ?

LE GRAND-PRÈTRE

Si vous voulez qu'il se révèle,
proclamez donc la récompense attribuée à son secours.
Au delà d'un grand risque, montrez un bel espoir,
et donnez à la palme, la hauteur de l'exploit.

LE CHORYPHÉE

Celui qui tue les monstres, le héros
l'emporte, en dignité, sur tous les autres hommes ?

LE GRAND-PRÊTRE

Qui fait d'abord ce que Laïus n'osa jamais
a mérité sa place et la remplira bien.

LE CHORYPHÉE

Mais, Jocaste ?

LE GRAND-PRÊTRE

Elle sera, aussi, le prix de la victoire !

LE CHORYPHÉE

Ta dignité, ô pontife, te permet, à toi seul,
de proférer ces paroles hardies et salutaires.

LE GRAND-PRÊTRE

Quand le salut du peuple demande quelque effort,
il appartient au prêtre de ne rien ménager :
car il devient pasteur, en l'absence du roi.

SCÈNE VII

LE CHORYPHÉE, LE GRAND-PRÊTRE, JOCASTE

JOCASTE, traverse la scène
et va prier à l'autel, suivie de ses femmes portant des offrandes.

O tyrans immortels qui siégez sur des trônes vermeils,
environnés de force et de sérénité ;
abaissez vos regards, ô Pères, sur vos fils ;
Maîtres, sur vos fidèles !
Que la pitié aux douces mains touche vos cœurs !

Toi d'abord, terrible et magnanime, ô maître du tonnerre,
O Zeus, les rois sont tes vicaires et tu te vengeras toi-même
en nous livrant les meurtriers de mon époux !
Apollon, ô médecin céleste, guéris-nous de la peur,
qui sans cesse effare nos pensées.
Permets à un héros de deviner l'énigme !
Bacchus, ô Dieu de joie et de fécondité,
Ne laisse plus un monstre horrible
souiller le lieu où tu naquis !
Athéné, ô vivante pensée de Zeus,
intercède auprès de ton père sublime.
Je vous invoque tous, Olympiens !

O tyrans immortels, qui siégez sur des trônes vermeils
environnés de force et de sérénité ;

abaissez vos regards, ô Pères, sur vos fils ;
Maîtres, sur vos fidèles
Que la pitié aux douces mains touche vos cœurs.

Elle va pour rentrer.

LE GRAND-PRÊTRE, l'arrêtant.

Nous respectons tes pleurs, digne tribut à l'époux vénéré,
mais, veuve, tu es reine aussi !

JOCASTE

J'oublie mes maux devant les vôtres. Hélas ! que puis-je ?

LE GRAND-PRÊTRE

La vengeance du roi, nul ne sait l'entreprendre.
Il faut purger la route du fléau ; il faut chasser le monstre !

JOCASTE

Eh ! nul Thébain ne l'ose !

LE GRAND-PRÊTRE

Le vainqueur du Sphinx est dans nos murs !

JOCASTE

Qui l'a dit ?

LE GRAND-PRÊTRE

Tirésias !

JOCASTE

Comment le reconnaître et l'implorer ?

LE GRAND-PRÊTRE

Il se révèlera lui-même, si on proclame devant tous
à quel prix la Béotie estime son salut.

JOCASTE

Aucune récompense ne sera assez belle.

LE GRAND-PRÈTRE

Ainsi, nous pensons tous!
Que le sauveur de Thèbes, en devienne le roi!

Mouvement du chœur.

JOCASTE

Qu'entends-je? Mon époux a péri au service de Thèbes
et les Thébains me banniraient.......!
Pour m'ôter la couronne, quel est votre reproche?

LE GRAND-PRÈTRE

Digne du trône, Reine, le héros est digne de ton lit!

JOCASTE

La lourde dalle à peine retombée,
le sang du sacrifice encor fumant,
la torche funéraire, mal éteinte,
vous osez me parler d'hyménée; vous voulez m'y forcer! Oh! Thébains!

LE GRANDP-RÊTRE

L'effort est grand; mais il faut sauver la Béotie!

JOCASTE

Je dédierais ma couche, encore chaude du mort, à un nouvel époux?

LE GRAND-PRÈTRE

Laïus n'était pas de ton âge; tu le vénérais, sans l'aimer

JOCASTE

Un étranger succéderait aux Labdacides?

4

LE GRAND-PRÊTRE

Le héros prouve par des exploits sa divine origine!
Soumets-toi! La pourpre a ses rigueurs!

JOCASTE

Ma chair même frissonne, rebelle à vos desseins.

LE GRAND-PRÊTRE

Repousses-tu l'arrêt divin?

JOCASTE

Je ne puis tout à coup devenir impudique!

LE GRAND-PRÊTRE

Dix ans tu pleurerais Laïus, sans soulager nos maux!

JOCASTE

Violence insupportable! Vœu insolent!

LE GRAND-PRÊTRE

Nous-mêmes sommes violentés.

JOCASTE

Ma gloire?

LE GRAND-PRÊTRE

Ta gloire est de tout faire pour la cité!

JOCASTE

Répondras-tu, pour moi, devant les Dieux?

LE GRAND-PRÊTRE

Je serai ton garant devant les Immortels!

JOCASTE

Et si je refusais?

LE GRAND-PRÊTRE

Le peuple répondrait au mépris du devoir par le mépris du droit.

JOCASTE

Esclavage honteux d'une reine! O abjection!

LE GRAND-PRÊTRE

Renonce ou sauve ta couronne!

JOCASTE

Vous l'ordonnez, Thébains; le pontife l'exige!
Et le bandeau royal étouffe la piété et la pudeur.
Devant la volonté du peuple, je me soumets,
victime obéissante et non pas résignée!
Celui qui, unissant l'audace à la subtilité,
affrontera le colloque du Sphinx,
et, devinant l'énigme, le forcera à se précipiter;
celui-là — quel qu'il soit — artisan, affranchi, esclave ou étranger,
couvert de haillons ou de crimes,
Vous l'acceptez pour roi? Pour époux, je l'accepte!
Je borne mon serment au cours de ce soleil.
Le héros est dans Thèbes : il saura ma promesse.
Si les Dieux nous l'envoient; ce jour suffit à le montrer.

Elle rentre au palais.

SCÈNE VIII

LE GRAND-PRÈTRE, LE CORYPHÉE

LE GRAND-PRÈTRE

Regardez, sans angoisse, le soleil qui décline.
Un instant suffit au Destin. Espérez!
Je vais, au pied des autels vénérés,
immoler des victimes sans tache.
Vous, demeurez ici et accueillez tout étranger.

SCÈNE IX

LE CORYPHÉE, ŒDIPE

ŒDIPE

O vous qui paraissez les Anciens de la ville,
pourquoi, parmi l'encens, s'élèvent tant de plaintes?
Un flot de suppliants se presse au seuil des temples;
l'angoisse emplit de son fantôme les avenues désertes.
Tous, devant ce palais, agités, anxieux,
vous semblez, entre la crainte et l'espérance,
attendre un grand événement?

LE CORYPHÉE

Tu arrives, ô étranger, dans une contrée déplorable,
sans roi, sans défenseur, en face d'un horrible fléau.

ŒDIPE

Quel fléau?

LE CORYPHÉE

La ville d'Amphion, célèbre à tant de titres,
n'est plus connue que par le monstre qui l'opprime,
le sphinx à voix humaine qui pose au passant son énigme.

ŒDIPE

Nul de vous n'a tenté d'en purger le pays!

LE CORYPHÉE

Oh! Beaucoup sont partis pour la caverne horrible;
mais nul n'est revenu, car nul n'a deviné.

ŒDIPE

La valeur béotienne, dans l'Hellade, est vantée?

LE CORYPHÉE

Invulnérable, le sphinx se précipitera lui-même du rocher,
lorsqu'un mortel pénétrera ses questions obscures.

ŒDIPE

Thèbes donna le jour à un devin illustre, Tirésias.
L'avez-vous consulté?

LE CORYPHÉE

Il a prédit que le libérateur paraîtrait aujourd'hui.

ŒDIPE

Aujourd'hui ! L'a-t-il nommé?

LE CORYPHÉE

Il ne l'a point nommé.

ŒDIPE

A quel signe reconnaîtrez-vous ce héros ?

LE CORYPHÉE

Il se révélera lui-même.
Notre reconnaissance se manifestera,
et digne d'un exploit où tant ont succombé.
La récompense est déjà proclamée.

ŒDIPE

Vraiment?

LE CORYPHÉE

C'est le sceptre de Thèbes et la beauté de la reine Jocaste.

ŒDIPE

Le vainqueur choisira entre la femme et la couronne?

LE CORYPHÉE

La reine et le royaume sont promis au vainqueur.

ŒDIPE, s'écarte, comme en extase.

O merveille du sort ! Admirable aventure!
Palme d'or de la vraie constance! Miséricorde d'Apollon!
Elle me quitte et se déchire la fatale tunique.

La voix des Erynnies s'éloigne : je suis sauvé !
Apollon avait dit que je tuerais mon père,
et j'ai frappé des inconnus sur un chemin ;
Apollon avait dit que je féconderais ma mère,
et voici un hymen qui s'offre, digne de moi !
Je pleurais le foyer perdu, un autre va m'accueillir ;
Sceptre, famille, honneur, tout m'est rendu.

LE CORYPHÉE

Le récit de nos maux t'a rendu pensif, étranger !

ŒDIPE

Le devin de l'énigme deviendra roi de Thèbes
et la reine Jocaste l'accepte pour époux ?

LE CORYPHÉE

Oui !

ŒDIPE

De sa bouche, je veux l'entendre.
Obtenez qu'elle paraisse devant mes yeux.

> Un se détache du chœur et entre au palais.

ŒDIPE, à l'écart.

La pure volonté l'emporte donc sur la fatalité.
Hier, j'errais accablé et maudit ;
la gloire du héros aujourd'hui m'environne.
Hier, je renonçais le sceptre de Corinthe ;
je reçois celui de Thèbes, maintenant.

Je pleurais des parents vénérés ; une épouse, une reine apparaî
Désespérer est une impiété : les Dieux sont équitables.
Tu couronnes en moi, ô divin citharède,
l'hymne que chante l'âme, avec toutes ses voix,
l'hymne fait de résolution et d'espérance,
l'hymne qui fonde, qui crée et qui conquiert,
l'hymne suprême, l'hymne de volonté !

SCÈNE X

LE CORYPHÉE, ŒDIPE, JOCASTE

JOCASTE

La honte du serment, qu'on vient de m'arracher,
me rend la lumière importune
et votre vue amère, Thébains !

LE CORYPHÉE

Voici un étranger que nos maux intéressent.

ŒDIPE, s'avançant.

Et qui veut, ô reine, écouter de tes lèvres
la confirmation solennelle du vœu thébain !

JOCASTE

Qui es-tu? Tu parles avec assurance !

ŒDIPE

Je suis un fils de la Fortune.
Elle me sourit sous tes traits.

Tu es belle, ô Jocaste,
et de la récompense la part incomparable !

JOCASTE

Quel est ton père, étranger ?

ŒDIPE

Qu'importe d'où je sors, si jusqu'à toi je monte !
Les parents d'un héros ce sont ses actes éclatants
Tu as fait un serment redoutable...

JOCASTE

Il répugne à mon âme fière !
Mais le soir qui vient m'en relève !
Quand ce soleil disparaîtra à l'horizon
je redeviendrai libre !

ŒDIPE

Tu seras engagée à jamais !

JOCASTE

Que dis-tu ?

ŒDIPE

Devant tous, je le proclame,
je suis le héros attendu.

LE CORYPHÉE

Gloire aux Dieux !

JOCASTE

Démence ! Nul mortel ne suffit à des travaux divins.

4.

ŒDIPE

Hercule le Thébain n'était pas Dieu encore
à Némée, à Lerne, à Erymanthe?

JOCASTE

Le Sphinx est plus terrible avec sa seule énigme
que le lion et l'hydre !

ŒDIPE

Et le vainqueur sera d'autant plus glorieux.

JOCASTE

Ma promesse fut un défi : ne le relève pas!

ŒDIPE

Le vainqueur sera-t'il roi de Thèbes ?
Le vainqueur sera-t'il ton époux?
Prends ce peuple, ces temples et les Dieux à témoins.

JOCASTE

Ni moi, ni ces Thébains ne violerons notre serment.
Mais, qui donc es-tu, téméraire?

ŒDIPE

Un devineur d'énigmes et un chasseur de monstres.

LE CORYPHÉE

O le mâle courage !
C'est lui qu'annonçait le devin.

JOCASTE

Ce n'est pas œuvre humaine, cette entreprise!
Il y faut un mandat du ciel.

Comme tes devanciers tu périras, sans profit et sans gloire.
A Laïus tu ressembles et, je ne sais comment,
ta vue me fait penser à un enfant, mort au berceau.
Voilà pourquoi ton sort m'intéresse et m'émeut !

OEDIPE

Tiendras-tu ta parole?

JOCASTE

Hélas ! Autant vaudrait te promettre un tombeau...
Une hideuse mort t'attend...

OEDIPE

Je crois à la victoire ! Mais si je succombais,
j'accepte le tombeau et les honneurs funèbres.

JOCASTE

Quand la fatalité l'appelle, l'homme s'élance aveuglément.

OEDIPE, au Coryphée.

Le chemin est-il long, d'ici à la caverne ?

LE CORYPHÉE

De Thèbes à Harma, un peu moins de deux heures...

OEDIPE, au Coryphée.

Tu vas donc me conduire !
Vous, Thébains, cette nuit, montez aux tours de vos remparts.
Interrogez le ciel, du côté de Chalcis :
si vous voyez briller des flammes, venez !
Ce seront les flammes de la victoire.

Venez, joyeux, avec pompe,
saluer votre roi et chanter votre délivrance!
Et toi, Jocaste, revêtue d'une robe éclatante,
apporte le premier baiser à ton époux.
Mais à l'heure livide où la nuit lutte contre Phébus,
si nul reflet de feu n'a rougi l'horizon... venez encore.
Car on doit des honneurs au héros qui succombe.
Venez, pieux, avec le linceul et les baumes
ensevelir celui qui n'a pas deviné!
Et toi, reine, conserve ton vêtement de deuil
et pleure l'étranger tombé pour ta conquête.

JOCASTE

Oh! ne pouvoir le sauver de sa perte certaine.

ŒDIPE

Toi qui seras demain mon épouse ou ma veuve,
ne te lamente pas; j'ai foi en Apollon!
Votre salut ayant la même issue que mon destin,
fils de Cadmus, prions ensemble! Et moi, la lyre en mains!

Je t'invoque, ô Phébus, sans hécatombe!
Quand ta sœur Artémis te succédera dans les cieux,
je te sacrifierai, ô vainqueur du Python, un monstre!

Au bord de la fontaine,
il vomissait des flammes, l'affreux dragon.
Ta flèche inévitable l'atteignit.
Archer divin, envahis-moi de ton esprit!

Au combat que je vais livrer,
que seraient le glaive et la massue !
Il faut, comme Persée,
résister au regard stupéfiant de la Gorgone !
Il faut, comme Ulysse,
opposer la pensée calme à la ruse méchante !
Il faut être inspiré par toi,
ô brillant illuminateur de nos esprits et de nos yeux !

Quand aura lieu le terrible colloque,
ferme mes sens au vertige !
Toi qui vengeas ton cher fils Esculape,
en exterminant les Cyclopes,
délivre cette belle cité !
Je m'expose, en ton nom, aux coups du monstre !

— O fils de Sémélé, Bacchus,
étends sur moi ton thyrse protecteur.
O fils d'Alcmène, fils de Thèbes, Hercule !
Et toi, Cadmus, favori de Pallas ! Vous, nymphes Isméniques !
Toi-même, terre que je vais délivrer,

> Il ramasse de la terre, la baise et la répand en un rite.

Soyez propices ! Assistez-moi ! Bénissez-moi !

JOCASTE

Adieu donc, insensé que je pleure déjà !

ŒDIPE

L'aurore éclairera, j'espère,
Thèbes! ton roi! — Jocaste! ton époux!

Précédé du Coryphée, ŒDIPE sort d'un pas hardi. Tout le Chœur remonte, et disparaît en l'escortant. JOCASTE, appuyée au seuil, regarde tant qu'elle aperçoit le héros et rentre, après un geste désespéré.

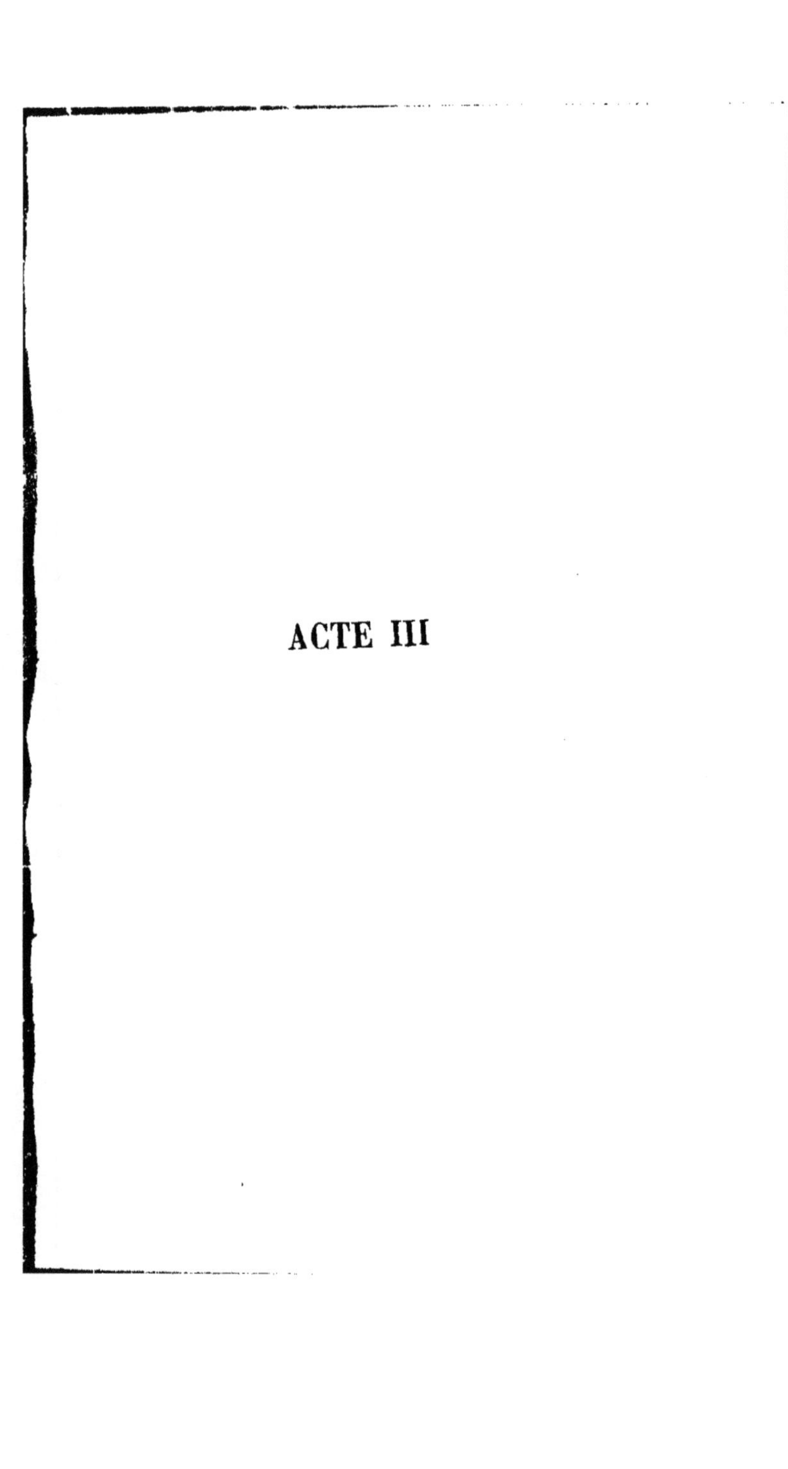

ACTE III

Le poste du Sphinx, à Harma, sur la route de Thèbes à Chalcis.
Un promontoire s'élève portant une caverne accessible par des quartiers de roc. Il fait nuit noire, tonnerre, éclairs.

SCÈNE

ŒDIPE

Comment s'orienter dans cette nuit profonde?
Mon guide, en approchant, se crispait d'épouvante.
Il a fui... je suis donc près de l'antre.
Si le Sphinx, averti par sa subtilité,
se refusait à mon colloque.
Voilà ma crainte unique !
Jocaste, noble femme qui sera mienne à l'aube,
qu'elle fut tendre! Quelle douce pitié?
A peine l'ai-je vue, que sitôt je la sentis chère.
Je n'éprouvai pas le désir qu'éveille la beauté,
mais un penchant plus profond et plus calme.
Si le monstre se dérobait? Cette pensée m'obsède.
L'homme et la bête pressentent leur défaite;

je perdrais un royaume, je perdrais un foyer ;
et, venu en héros, j'apparaîtrais menteur et dérisoire.
Cette peur-là est plus fiévreuse que celle du danger !
Quelle assurance ai-je de ma victoire ?
Je puis succomber : tout à l'heure
le prince de Corinthe ne sera qu'un cadavre,
la poitrine sanglante et le cœur arraché !
Oh ! la terreur abolirait les promesses thébaines,
nul ne viendrait laver mon corps, l'ensevelir !
Je pourrirais, déchiqueté par le bec des vautours.
Il faut vaincre !
Thèbes du haut des tours interroge le ciel.
Me souvenant de la grande leçon de Prométhée,
j'éveillerai le feu qui dort dans un morceau de bois.
La flamme brillera, pourpre vivante de la victoire.
Oh ! Oh ! j'étais au but, quand je croyais tarder.

Eclair.

C'est donc le grand moment : ici tout se décide ;
je ne suis né que pour cette heure.

Eclair.

La voilà, la panthère au visage de femme ;
je vois luire ses griffes acérées.
— Apollon. Dieu subtil, inspire-moi !

SCÈNE II

ŒDIPE, LE SPHINX

Le sphinx a la tête et les seins saillants et nus d'une jeune et belle femme : les pattes et ce qui paraît du corps sont d'une panthère.

LE SPHINX

On rôde autour de mon rocher.
Je vois un homme qui interroge l'ombre.
Sa contenance ne marque aucun effroi !
Il ignore le lieu et le péril et moi !
Attendons qu'un éclair à ses yeux me révèle !

A Œdipe,

Toi qui défies la nuit et l'horreur de mon antre ;
si tu n'as pas heurté les os des téméraires,
profite d'un éclair ! Regarde !
Qui a poussé ses pas vers moi n'a plus marché ;
qui a levé son œil sur moi, pour toujours a clos sa paupière ;
qui m'a parlé est devenu silencieux ;
qui vint ici jamais n'est retourné !

ŒDIPE

Toi qui défies la terrestre harmonie,
si tu n'as pas pensé que ton vainqueur viendrait ;
profite d'un éclair ! Regarde !
Quand celui que tu vois a choisi un chemin, il le poursuit ;
quand son désir se lève, l'obstacle disparaît ;

quand il prononce un vœu, toujours il l'accomplit.
Il a juré ta perte ; et tu vas te précipiter!

LE SPHINX

Tu espérais surprendre mon sommeil!
Le sphinx ne dort jamais : son œil est sans paupière!

ŒDIPE

Je ne crains que ta fuite!

LE SPHINX

Ton audace me plaît; je serai doux pour toi !
Quel animal marche, d'abord sur quatre pattes,
sur deux ensuite, enfin sur trois !

ŒDIPE

C'est l'homme! Enfant, sur les mains il se traîne ;
puis, ses pieds affermis le portent;
dans la vieillesse, il s'aide d'un bâton.

LE SPHINX

Oui, tu as deviné? Qui es-tu?

ŒDIPE

Un homme qui ne craint que les Dieux!
Ils n'opposent à leur créature
aucune épreuve insurmontable.

LE SPHINX

L'insurmontable est devant toi!
Par mes yeux de diamant, te regarde :
il te menace, par mes griffes d'acier.

ŒDIPE

Si tu étais le monstre primitif, le dragon
comme en portait la terre, au temps de Prométhée ;
on pourrait t'assaillir, par le fer et le feu !
Tu es invulnérable, mais aussi impuissant à l'attaque.
Ta griffe ne déchire que si la chair frissonne.
Ceux qui périrent avaient eu peur !
L'énigme, Sphinx, l'énigme, je l'attends !

LE SPHINX

Je suis moi-même l'énigme que je propose ?

ŒDIPE

Il s'agit, en effet, de résister à ton horreur
et, si j'avais tremblé, déjà je serais mort.
Mais je veux te chasser de ce roc : donc, interroge ?

LE SPHINX

Eh bien ! Quel animal, suis-je, ô devin !

ŒDIPE

L'animal ne pense, ni ne parle.
Panthère à face humaine, tu es le monstre
hors série, hors nature !

LE SPHINX

Zeus est l'auteur de tout ce qui respire.

ŒDIPE

L'homme, à son tour, est créateur.
Du choc de ses passions avec les lois du monde
naissent les monstres, les chimères.....

LE SPHINX

Vagues, vagues paroles d'Eleusis !

ŒDIPE

Tu es un châtiment, un fléau, une malédiction vivante,
pour un crime dont le coupable s'appelle une cité ;
tu es contre Thèbes dressée, une Erynnie !

LE SPHINX

J'incarne l'anathème, oui !
Mais tout être vivant se nourrit.
Depuis bien des années, j'habite la caverne d'Harma
et je ne mange pas mes victimes. Ah ! cela t'embarrasse ?

ŒDIPE

D'égoïstes pensers et de bas sentiments,
d'exhalaisons perverses, le monstre se substante.
La malédiction de Chalcis t'a donné l'être,
l'égoïsme de Thèbes t'entretient, te conserve...

LE SPHINX

J'aime l'intelligence : ta subtilité me désarme.
Je te fais grâce. Va ! Tu diras, glorieux :
moi, j'ai parlé au Sphinx et le Sphinx m'a laissé passer.

ŒDIPE

Je suis l'homme, roi légitime de la terre,
tu es le monstre. La nature te hait
et les Dieux t'utilisent, un moment, pour punir.
Tu es l'expiation de la faute thébaine !
Moi, courageux et pur, je viens, je me dévoue
et Thèbes est rachetée et tu es confondu !

LE SPHINX

Eh bien ! monte vers moi, triomphateur.
Apporte ta poitrine à ces griffes que tu vois luire.
Si tu détournes ton regard, si ta parole hésite,
d'un seul coup, je t'arrache le cœur !

OEDIPE

C'est toi qui vas mourir ! Tu es né du péché de Thèbes
et ce péché, par moi, est expié.

LE SPHINX

J'incarne la volonté de Zeus !

OEDIPE

Je remplis l'office d'Apollon : car je rétablis l'harmonie
en te chassant, monstre, de ce rocher.

LE SPHINX

Respecte en moi Thémis, qui m'envoya.

OEDIPE

Tu reconnais ton maître, enfin ! Obéis, disparais !

LE SPHINX

Toi qui as compris mon essence, comprends aussi mon cœur
Tu l'as ému, le cœur du monstre !
A ma lèvre vermeille, qui te prie, donne un baiser.
La caresse du Sphinx, si tu la connaissais
toute autre volupté te serait impossible !
Dans mon étreinte, tu croirais posséder le mystère ;
une ineffable joie échaufferait tes veines
et tu te croirais Dieu, sous la puissance du plaisir.

ŒDIPE

Tu n'as pu m'effrayer, tu voudrais me séduire?

LE SPHINX

L'amour est la fatalité suprême.
Il n'est Dieu, homme ou sphinx, qui lui résiste.
Tu sais que la femme toujours adore celui qui la subjugue
et la chimère ne peut aimer que le héros.

ŒDIPE

Ta griffe redoutable, malgré toi, se rétracte; ton œil s'effare.

LE SPHINX

C'est mon désir de femme qui se voit!
La véritable énigme, crois-le, c'est mon baiser.

ŒDIPE

Tu trembles et tu vas fuir!

LE SPHINX

Zeus, qui envoie les monstres, seul les rappelle.

ŒDIPE

Zeus envoie les héros!

LE SPHINX

Je te fais grâce!

ŒDIPE

Je veux dormir, sur ce rocher, à ta place!

LE SPHINX

Qui es-tu! Par Typhon! Qui es-tu?

ŒDIPE

C'est moi qui suis l'énigme, maintenant !

LE SPHINX

Mon vainqueur sera le plus malheureux des mortels.
Les mains rougies dans le sang de son père,
il ira se coucher dans le lit de sa mère,
et il engendrera dans la chair où il fut engendré.

ŒDIPE

Malédiction ! Tu as su allumer ma fureur !
Disparais ou je te déchire !

LE SPHINX

Le destin qui t'attend est plus terrible que ma griffe d'airain.

ŒDIPE

Assez d'arguties, d'imposture : il faut mourir?

LE SPHINX

Mourir ! Pour l'homme c'est naître à l'immortalité ?
Même s'il fut coupable, en expiant, il se rachète.
Il n'est ni sombre bord, ni empyrée qui me reçoive, moi !
Si je meurs, je rentre dans la chose indicible
et que nul ne conçoit, la chose effroyable et sans nom ;
auprès de quoi, le plus violent supplice est une apothéose,
le néant ! — Laisse-moi vivre ! Grâce.

ŒDIPE

Menace, prie, flatte, pleure : tu vas mourir !

LE SPHINX

Les Dieux m'ont placé sur ce roc, et tu veux m'en chasser !

ŒDIPE

L'irrésistible chant des sirènes a cessé ! Va rejoindre l'inerte matièr

LE SPHINX

Es-tu Orphée ?

ŒDIPE

Le vautour du Caucase tomba sous la flèche d'Hercule !

LE SPHINX

Es-tu le fils d'Alcmène ?

ŒDIPE

La Chimère éprouva le glaive d'un héros.

LE SPHINX

Es-tu Bellérophon ?

ŒDIPE

Le Minotaure, l'homme-taureau périt !

LE SPHINX

Es-tu Thésée ?

ŒDIPE

Andromède fut délivrée et Thèbes le sera !

LE SPHINX

Es-tu Persée ?

ŒDIPE

Je suis Œdipe!

LE SPHINX

Inceste, parricide... sacrilège... maudit!

ŒDIPE

Au néant, Sphinx!
Par la toute-puissance d'Apollon, au néant!
Au nom de l'harmonie, monstre, je te confonds!
Larve, je te dissous, au nom de la lumière!

LE SPHINX, il disparaît,

Ah! (Cri terrible.)

ŒDIPE

Désespoir de Chalcis! égoïsme de Thèbes!
Œdipe, pur héros, vous efface;
et le charme est rompu! L'énigme est devinée!
Victoire à Thèbes et gloire à Apollon!

SCÈNE III

ŒDIPE, seul, au seuil de la caverne.

Le roc s'est-il ouvert pour engloutir le monstre
ou bien s'est-il évaporé dans l'air ?
L'exploit est accompli, me voici roi de Thèbes ;
et quand on parlera des héros bienfaiteurs,
nul n'oubliera Œdipe qui devina l'énigme,

et contraignit le Sphinx à se précipiter.
Tu m'as choisi pour la délivrance de Thèbes,ô Phébus!
Pourquoi, sur ma mission, suspendre la menace atroce?
Il me fallait peut-être cette force, fille du désespoir !
Sans l'odieuse prophétie, tranquille héritier de Corinthe,
j'aurais coulé des jours sans gloire.
L'infortune, accoucheuse insigne,
met seule au jour le fruit que nous portons.
La muse de l'action s'appelle la détresse.
Elle ne descend pas dans les foyers paisibles,
l'inspiration des grands desseins.
Mon exemple dira qu'au livre obscur du sort
la main de l'homme peut écrire son vœu.
Tu vivras, tous tes jours,ô Polybe, ô mon père ;
la seule main du temps te poussera vers le tombeau.
Il fallait bien t'aimer,ô Mérope,ô ma mère,
pour te fuir, sur la foi d'un oracle.
Adieu, Corinthe, enfance heureuse
et paternel foyer ; je dois vous oublier.
Salut, ville aux sept portes, ma ville...
Mon cœur se tourne entier vers toi, Jocaste.
Ah! L'aurore sera belle pour Œdipe !
Mais une fatigue invincible accable tous mes sens.
Cette extrême tension de l'esprit m'a lassé.
Hercule s'endormit au milieu des tronçons
épars et convulsés de l'hydre,
Œdipe dormira à la place du Sphinx.

                                        Il s'endort.

SCÈNE IV

ŒDIPE (endormi sur le rocher.) — LE CHŒUR FUNÈBRE
(avec des insignes de deuil). — LE CHŒUR TRIOMPHAL
(avec des insignes royaux. Tous portent des torches).

LE CHOREUTE FUNÈBRE

Elle n'a pas brillé la flamme de victoire !
Selon notre promesse,
voici le suaire et les baumes.
Car nous devons ensevelir,
avec les honneurs héroïques,
celui qui n'a pas deviné.

LE CHOREUTE TRIOMPHAL

Elle a brillé la flamme de victoire !
Selon notre promesse,
voici le sceptre et la couronne.
Car nous devons ainsi saluer,
avec les honneurs royaux,
celui qui a deviné !

LE CHOREUTE FUNÈBRE

Hélas ! hélas ! il a péri,
le nouveau téméraire,
en qui Thèbes espérait.
Il est là, parmi ces rochers,
livide et la poitrine ouverte,
celui qui n'a pas deviné.

5.

LE CHOREUTE TRIOMPHAL

Non, non ; l'envoyé des Dieux,
l'homme mystérieux
n'a pas déçu l'espoir de Thèbes.
Il est là, parmi ces rochers,
il va paraître glorieux, notre roi,
celui qui a deviné.

LE CHOREUTE FUNÈBRE

Vous apportez le sceptre à un cadavre.

LE CHOREUTE TRIOMPHAL

Vous apportez le suaire au vainqueur.

LE CHOREUTE FUNÈBRE

L aurore, à ses premiers rayons,
dispersera votre espérance.
Nous rentrerons à Thèbes, le front baissé,
le désespoir au cœur.

LE CHOREUTE TRIOMPHAL

L'aurore, à ses premiers rayons,
chassera votre angoisse.
Nous rentrerons à Thèbes, le front haut,
l'allégresse au cœur.

LE CHOREUTE FUNÈBRE

Anxiété terrible ! Parais, ô Phébus !

LE CHOREUTE TRIOMPHAL

Attente frémissante ! O nuit, dissipe-toi !

SCÈNE V

ŒDIPE endormi, JOCASTE, LE CHŒUR

Avec hésitation et prudence, le chœur s'est rangé du côté opposé à la caverne, en silence. Puis, paraît JOCASTE. L'aube commence à poindre.

JOCASTE

Cet homme qui, vainqueur, devenait mon époux,
esprit aventureux, confiant en lui-même, dois-je donc le pleurer?
O douleur, déjà, je l'aimais!
Devant l'issue fatale, ou bienheureuse,
j'ai jeté le manteau de pourpre sur ma robe de deuil.
Oh! l'affreux carrefour, je frissonne,
mais l'angoisse l'emporte sur l'horreur.
Il me fut cher sitôt que rencontré, ce téméraire.
Voici la caverne terrible! Qui va paraître,
le Sphinx, ou bien mon glorieux époux?

ŒDIPE, se réveille et se soulève

Réveil prestigieux, aurore d'une vie nouvelle,
Belle aube, mon cœur te salue, enivré.
O recommencement heureux de mon destin,
Oracle conjuré, innocence conquise,
et de la volonté, admirable succès!

JOCASTE

Dieux bons ! Dieux protecteurs ! Dieux justes !
A la place du monstre, le héros se dresse rayonnant.

ŒDIPE

Victoire à Thèbes et gloire à Apollon !

LE CORYPHÉE

Victoire à Thèbes ! Victoire !

ŒDIPE

Thébains, saluez votre roi !
Et toi, Jocaste, reconnais ton époux.

JOCASTE

Thèbes est sauvée ! Gloire à Phébus !

ŒDIPE

Fils de Cadmus, approchez-vous sans crainte de cet antre.
J'ai confondu le Sphinx ; la route est libre !

JOCASTE

Sauveur de Thèbes, ô mon époux,
viens recevoir le sceptre et mon embrassement !

ŒDIPE

Ce rocher est mon trône à moi ; je t'y convie, Jocaste !

JOCASTE

Héros béni des Dieux, reçois le sceptre et reçois-moi !

ŒDIPE, attire Jocaste sur le rocher et prend le sceptre.

Epouse aimée, ce sceptre, dans ma main,
te laisse aussi puissante qu'en la tienne.

Au chœur.

O vous, qui vivrez désormais sous ma loi,
gardez l'enseignement de l'heure solennelle!
La volonté c'est la divinité dans l'homme!
Je parus, hier, parmi vous, inconnu, étranger;
et je vais rentrer roi dans la ville aux sept portes.
Depuis combien d'années vous subissiez
le joug sanglant du monstre : vous voilà délivrés!
Ne désespérez donc jamais du sort :
la justice est l'âme des Dieux,
et la prière qu'ils exaucent toujours,
ô Thébains! c'est l'effort !

POSTFACE

Œdipe et le Sphinx, tel qu'on vient de le lire, est une réduction de la tragédie originale.

Une question matérielle de temps a seule présidé à cette réduction.

Il fallait que le spectacle eût lieu dans un laps de minutes déterminé.

Des personnages, des scènes entières, ont été supprimés, et la plupart des discours, abrégés.

Des expressions trop helléniques, comme la Kère, ont disparu, avec les beaux et harmonieux surnoms divins : Oulios, Loxias, Némertes....

La forme latine en us, dans les noms, a été mise par égard pour les habitudes du public.

ACHEVÉ D'IMPRIMER

le vingt juin mil neuf cent trois

PAR

BLAIS ET ROY

A POITIERS

pour le

MERCVRE

DE

FRANCE

<table>
<tr><td>Aloysius Bertrand...</td><td>Gaspard de la Nuit (2e édition)...........</td><td>3.5o</td></tr>
<tr><td>G. Binet-Valmer.....</td><td>Le Gamin tendre (2e édition)............</td><td>3.5o</td></tr>
<tr><td></td><td>Le Sphinx de Plâtre (2e édition).. ....</td><td>3.5o</td></tr>
<tr><td>Léon Bloy...........</td><td>La Femme Pauvre (3e édition)...........</td><td>3.5o</td></tr>
<tr><td>Henry Bourgerel.....</td><td>Les pierres qui pleurent...............</td><td>3.5o</td></tr>
<tr><td>E.-A. Butti ....</td><td>L'Automate...... ....</td><td>3.5o</td></tr>
<tr><td>Mrs W.-K. Clifford...</td><td>Lettres d'amour d'une Femme du monde (3e édition).....................</td><td>3.5o</td></tr>
<tr><td>J.-A. Coulangheon...</td><td>L'Inversion sentimentale (2e édition)......</td><td>3.5o</td></tr>
<tr><td></td><td>Les Jeux de la Préfecture (2e édition).....</td><td>3.5o</td></tr>
<tr><td>Jean Cyrane.........</td><td>Le Château de félicité (2e édition)........</td><td>3.5o</td></tr>
<tr><td>Gaston Danville .....</td><td>L'Amour Magicien...................</td><td>3.5o</td></tr>
<tr><td></td><td>Contes d'Au-delà....................</td><td>6 »</td></tr>
<tr><td></td><td>Les Reflets du Miroir (2e édition).........</td><td>3.5o</td></tr>
<tr><td>Albert Delacour.....</td><td>L'Evangile de Jacques Clément..........</td><td>3.5o</td></tr>
<tr><td></td><td>Le Pape rouge (2e édition)..............</td><td>3.5o</td></tr>
<tr><td></td><td>Le Roy (2e édition)...................</td><td>3.5o</td></tr>
<tr><td>Louis Delattre.......</td><td>La Loi de Péché....................</td><td>3.5o</td></tr>
<tr><td>Eugène Demolder....</td><td>L'Agonie d'Albion (5e édition)...........</td><td>3 »</td></tr>
<tr><td></td><td>Le Cœur des Pauvres (5e édition).........</td><td>3.5o</td></tr>
<tr><td></td><td>La Légende d'Yperdamme..............</td><td>7.5o</td></tr>
<tr><td></td><td>Les Patins de la Reine de Hollande (2e édit.)</td><td>3.5o</td></tr>
<tr><td></td><td>Quatuor.........................</td><td>2.5o</td></tr>
<tr><td></td><td>La Route d'Emeraude (2e édition)........</td><td>3.5o</td></tr>
<tr><td></td><td>Le Royaume authentique du Grand Saint Nicolas.........................</td><td>10 »</td></tr>
<tr><td></td><td>Sous la Robe......................</td><td>3.5o</td></tr>
<tr><td>Edouard Ducoté.....</td><td>Aventures.......................</td><td>3.5o</td></tr>
<tr><td>Edouard Dujardin...</td><td>L'Initiation au Péché et à l'Amour (11e édit.)</td><td>3.5o</td></tr>
<tr><td></td><td>Les Lauriers sont coupés...............</td><td>3.5o</td></tr>
<tr><td>Louis Dumur........</td><td>Un Coco de génie (3e édition)...........</td><td>3.5o</td></tr>
<tr><td></td><td>Pauline ou la liberté de l'amour (4e édition)</td><td>3.5o</td></tr>
<tr><td>Georges Eekhoud....</td><td>Le Cycle patibulaire (2e édition)..........</td><td>3.5o</td></tr>
<tr><td></td><td>Escal-Vigor (6e édition)................</td><td>3.5o</td></tr>
<tr><td></td><td>La Faneuse d'amour (3e édition).........</td><td>3.5o</td></tr>
<tr><td></td><td>Mes Communions (2e édition)..........</td><td>3.5o</td></tr>
<tr><td>Gabriel Faure ....</td><td>La dernière Journée de Sappho (3e édition).</td><td>3.5o</td></tr>
<tr><td>André Fontainas.....</td><td>L'Ornement de la Solitude.............</td><td>2 »</td></tr>
<tr><td>André Gide.........</td><td>L'Immoraliste (2e édition).............</td><td>3.5o</td></tr>
<tr><td></td><td>Les Nourritures Terrestres (2e édition)....</td><td>3.5o</td></tr>
<tr><td></td><td>Le Prométhée mal enchaîné............</td><td>2 »</td></tr>
<tr><td></td><td>Le Voyage d'Urien, suivi de Paludes (2e édit.)</td><td>3.5o</td></tr>
<tr><td>Edmond Glesener....</td><td>Histoire de M. Aristide Truffaut (2e édition).</td><td>2 »</td></tr>
<tr><td>Maxime Gorki.......</td><td>L'Angoisse (3e édition)................</td><td>3.5o</td></tr>
<tr><td></td><td>Les Déchus (3e édition)...............</td><td>3.5o</td></tr>
<tr><td></td><td>Les Vagabonds (4e édition)............</td><td>3.5o</td></tr>
<tr><td></td><td>Varenka Olessova (3e édition)..........</td><td>3.5o</td></tr>
</table>

Remy de Gourmont..	Les Chevaux de Diomède (2ᵉ édition).....	3.5o
	Lilith (2ᵉ édition)......................	3.5o
	D'un Pays Lointain..................	3.5o
	Le Pèlerin du Silence (2ᵉ édition)	3.5o
	Le Songe d'une femme (2ᵉ édition)........	3.50
Thomas Hardy.......	Barbara (2ᵉ édition)...................	3.50
Frank Harris........	Montès le Matador (2ᵉ édition)..........	3.50
A.-Ferdinand Herold.	Les Contes du Vampire (2ᵉ édition).......	3.50
Charles-Henry Hirsch	La Possession (2ᵉ édition)...............	3.50
	La Vierge aux tulipes (2ᵉ édition)........	3.50
Edmond Jaloux......	L'Agonie de l'Amour (2ᵉ édition)........	3.50
Francis Jammes.....	Almaïde d'Etremont (2ᵉ édition).........	2 »
	Clara d'Ellébeuse (2ᵉ édition)...........	2 »
	Le Roman du Lièvre (2ᵉ édition)........	3.50
Alfred Jarry	Les Jours et les Nuits.................	3.50
Albert Juhellé......	La Crise virile.....................	3.50
Gustave Kahn.......	Le Conte de l'Or et du Silence.........	3.50
Rudyard Kipling ...	Les Bâtisseurs de Ponts (5ᵉ édition)......	3.50
	L'Homme qui voulut être roi (6ᵉ édition)..	3.50
	Kim (6ᵉ édition)	3.50
	Le Livre de la Jungle (15ᵉ édition).......	3.50
	Le Second Livre de la Jungle (13ᵉ édition).	3.50
	La plus belle Histoire du monde (6ᵉ édition).	3.5o
	Stalky et Cⁱᵉ (4ᵉ édition)...............	3.5o
Hubert Krains.......	Amours rustiques....................	3.50
A. Lacoin de Villemorin et Dʳ Khalil-Khan............	Le Jardin des Délices (2ᵉ édition)........	3.5o
Jules Laforgue......	Moralités légendaires, suivies des *Deux Pigeons* (3ᵉ édition)..................	3.50
Camille Lemonnier .	Un Mâle (2ᵉ édition)..................	3.5o
	La Petite Femme de la Mer (2ᵉ édition)...	3.5o
Albert Leune........	Tourmente d'Or.....................	3.5o
Paul Léautaud......	Le Petit Ami (2ᵉ édition).............	3.5o
Jean Lorrain........	Contes pour lire à la chandelle..........	2 »
Raymond Marival ...	Chair d'Ambre (2ᵉ édition).............	3.5o
	Le Çof, *Mœurs kabyles* (2ᵉ édition).....	3.5o
Charles Merki.......	Margot d'Eté......................	3.5o
Eugéne Morel.......	Les Boers (2ᵉ édition)................	2 »
Alain Morsang et Jean Beslière	La Mouette (2ᵉ édition)...............	3.5o
Walter Pater........	Portraits Imaginaires.................	3.5o
Joséphin Péladan....	Modestie et Vanité (4ᵉ édition)..........	3.
Pierre de Querlon...	Les Joues d'Hélène (2ᵉ édition)..........	3/
	La Liaison fâcheuse (2ᵉ édition).........	
Pierre Quillard......	Les Mimes d'Hérondas (2ᵉ édition).......	3.5o

Thomas de Quincey..	De l'Assassinat considéré comme un des Beaux-Arts (2ᵉ édition)...............	3.50
Rachilde............	Contes et Nouvelles (3ᵉ édition)..........	3.50
	L'Heure Sexuelle (11ᵉ édition)...........	3.50
	Les Hors Nature (5ᵉ édition)...........	3.50
	L'Imitation de la Mort...............	3.50
	La Jongleuse (5ᵉ édition)..............	3.50
	La Sanglante Ironie (nouvelle édition)....	3.50
	La Tour d'Amour (4ᵉ édition)...........	3.50
Hugues Rebell.......	Baisers d'Ennemis....................	3.50
Henri de Régnier....	Les Amants Singuliers (4ᵉ édition).......	3.50
	Le Bon Plaisir (10ᵉ édition).............	3.50
	La Canne de Jaspe (3ᵉ édition)..........	3.50
	La Double Maîtresse (:4ᵉ édition)........	3.50
	Le Mariage de Minuit (10ᵉ édition).......	3.50
	Le Trèfle Blanc (2ᵉ édition).............	2 »
Jules Renard........	Le Vigneron dans sa Vigne (3ᵉ édition)...	3.50
William Ritter......	Leurs Lys et leurs Roses (2ᵉ édition).....	3.50
J.-H. Rosny.........	Les Xipéhuz (2ᵉ édition)...............	2 »
Eugène Rouart......	La Villa sans Maître..................	3.50
Saint-Pol-Roux.....	La Rose et les Epines du Chemin........	3.50
Albert Samain	Contes (3ᵉ édition)...................	3.50
Marcel Schwob......	La Lampe de Psyché *(Mimes. La Croisade des Enfants. L'Étoile de Bois. Le Livre de Monelle)*...................	3.50
R.-L. Stevenson	La Flèche noire (2ᵉ édition).............	3.50
Ivan Strannik.......	L'appel de l'Eau.....................	3.50
Auguste Strindberg..	Axel Borg (2ᵒ édition).	3.50
	Inferno (2ᵉ édition)...................	3.50
Jean de Tinan.......	Aimienne ou le Détournement de mineure (2ᵒ édition)...................	3.50
	L'Exemple de Ninon de Lenclos amoureuse (2ᵉ édition)............................	3.50
	Penses-tu réussir? (2ᵉ édition)...........	3.50
Marcelle Tinayre....	Avant l'Amour (2ᵉ édition).............	3.50
	Hellé (2ᵉ édition)...................	3.50
	La Rançon (2ᵉ édition)................	8.50
Mark Twain........	Contes choisis (4ᵉ édition).............	3.50
Eugène Vernon......	Gisèle Chevreuse (2ᵉ édition)...........	3.50
Jean Viollis........	Petit Cœur (2ᵉ édition)...............	2 »
A. Gilbert de Voisins.	La Petite Angoisse (2ᵉ édition)...........	3.50
H.-G. Wells	La Guerre des Mondes (4ᵉ édition)......	3.50
	Une Histoire des Temps à venir (3ᵉ édition).	3.50
	L'Ile du Docteur Moreau (4ᵉ édition).....	3.50
	La Machine à explorer le Temps (3ᵉ édit.).	3.50
	Les Pirates de la Mer (3ᵒ édition)........	3.50
	Les Premiers Hommes dans la Lune (3ᵉ éd.)	3.50

Alfred Douglas	Poèmes	3.50
Edouard Ducoté	Renaissance	3.50
Max Elskamp	La Louange de la Vie	3.50
Albert Fleury	Poèmes, 1895-1899	3.50
André Fontainas	Crépuscules	3.50
Paul Fort	L'Amour marin (2e édition)	3.50
	Ballades Françaises (2e édition)	3.50
	Les Hymnes de feu, précédés de Lucienne (2e édition)	3.50
	Idylles antiques (2e édition)	3.50
	Montagne (2e édition)	3.50
	Paris Sentimental ou le roman de nos vingt ans (2e édition)	3.50
	Le Roman de Louis XI (2e édition)	3.50
Paul Gérardy	Roseaux	3.50
Henry Ghéon	La Solitude de l'Eté	3.50
Charles Guérin	Le Semeur de Cendres (2e édition)	3.50
A.-Ferdinand Herold	Au hasard des chemins	2 »
	Images tendres et merveilleuses	3.50
Robert d'Humières	Du Désir aux Destinées	3.50
Francis Jammes	De l'Angelus de l'Aube à l'Angelus du Soir, *poésies, 1888-1897* (2e édition)	3.5
	Le Deuil des Primevères (2e édition)	3.50
	Le Triomphe de la Vie (2e édition)	3.50
Léonce de Joncières	Tanagra	3.50
Gustave Kahn	Le Livre d'Images	3.50
	Premiers Poèmes	3.50
Klingsor	Schéhérazade	3.50
Marc Lafargue	L'Age d'Or	3.50
Jules Laforgue	Poésies complètes (3e édition)	3.50
Sébastien-Charles Leconte	La Tentation de l'Homme	3.50
Stuart Merrill	Poèmes, 1887-1897 (2e édition)	3.50
	Les Quatre Saisons (2e édition)	3.50
Adrien Mithouard	Les impossibles noces	2.50
	Le Pauvre Pêcheur	3.50
Albert Mockel	Clartés	3 »
Maurice Pottecher	Le Chemin du Repos	3 »
Pierre Quillard	La Lyre héroïque et dolente (2e édition)	3.50
Hugues Rebell	Chants de la Pluie et du Soleil	3.50
Henri de Régnier	La Cité des Eaux (3e édition)	3.5
	Les Jeux rustiques et divins (4e édition)	3.5
	Les Médailles d'Argile (4e édition)	3.
	Poèmes, 1887-1892 (4e édition)	3
	Premiers Poèmes (3e édition)	3

Lionel des Rieux	Le Chœur des Muses..................	3.50
Arthur Rimbaud.....	Œuvres de Jean-Arthur Rimbaud (2ᵉ édit.).	3.50
P.-N. Roinard......	La Mort du Rêve.....................	3.50
Albert Samain	Le Chariot d'Or (4ᵉ édition).......	3.50
	Aux Flancs du Vase, suivi de Polyphème	
	et de Poèmes inachevés (3ᵉ édition).....	3.50
	Au Jardin de l'Infante (6ᵉ édition)........	3.50
Robert de Souza.....	Sources vers le Fleuve................	3.50
R.-H. de Vandelbourg.	La Chaîne des Heures................	3.50
Emile Verhaeren	Les Forces tumultueuses (2ᵉ édition)......	3.50
	Poèmes (3ᵉ édition).....................	3.50
	Poèmes, nouvelle série (2ᵉ édition).......	3.50
	Poèmes, IIIᵉ série (2ᵉ édition)...........	3.50
Francis Vielé-Griffin.	Clarté de Vie (2ᵉ édition)..............	3.50
	La Légende ailée de Wieland le Forgeron.	3.50
	Phocas le Jardinier (2ᵉ édition)..........	3.50
	Poèmes et Poésies (2ᵉ édition)	3.50

Histoire — Critique — Littérature

Pierre d'Alheim	Moussorgski (2ᵉ édition)...............	3.50
	Sur les pointes (mœurs russes)...........	3.50
○ **Barbey d'Aurevilly.**	Lettres à Léon Bloy...................	3.50
André Beaunier......	La Poésie Nouvelle (2ᵉ édition)..........	3.50
Dimitri de Bencken-		
dorff..............	La Favorite d'un Tzar (2ᵉ édition)........	3.50
Paterne Berrichon...	La Vie de Jean-Arthur Rimbaud........	3.50
Ad. van Bever et Paul		
Léautaud	Poètes d'aujourd'hui, 1880-1900. *Morceaux*	
	choisis (8ᵉ édition)...................	3.50
Ad. van Bever et Ed.		
Sansot-Orland.....	Œuvres galantes des Conteurs italiens....	3.50
Léon Bloy..........	La Chevalière de la Mort (2ᵉ édition).....	2 »
	Exégèse des Lieux Communs (3ᵉ édition)..	3.50
	Le Fils de Louis XVI (3ᵉ édition).......	3.50
Raoul Chélard.......	La Civilisation française dans le Développe-	
	ment de l'Allemagne (*Moyen-Age*).....	7.50
	Guide Historique et Littéraire de la Hon-	
	grie..............................	6 »
Constantin Christo-		
manos............	Elisabeth de Bavière, impératrice d'Au-	
	triche (4ᵉ édition)	3.50
Jules Delassus.......	Les Incubes et les Succubes............	1 »
Henry Detouche.....	De Montmartre à Montserrat...........	3.50
Georges Duviquet....	Héliogabale....	3.50

7

André Gide......... Prétextes, *Réflexions sur quelques points de Littérature et de Morale*......... 3.5o
Remy de Gourmont.. Le Chemin de Velours. *Nouvelles Dissocia-tions d'idées* (2ᵉ édition)............. 3.5o
La Culture des Idées (2ᵉ édition)........ 3.5o
Epilogues. *Réflexions sur la vie* (1895-1898)..................... 3.5o
Esthétique de la Langue française (2ᵉ éd.). 3.5o
Le Livre des Masques, *Portraits symbo-listes* (2ᵉ édition)..................... 3.5o
Le IIᵉ Livre des Masques (2ᵉ édition)..... 3.5o
Le Problème du Style (3ᵉ édition) 3.5o
A.-Ferdinand Herold. Le Livre de la Naissance, de la Vie et de la Mort de la Bienheureuse Vierge Marie.... 6 »
Virgile Josz......... Fragonard, *Mœurs du XVIIIᵉ siècle* (2ᵉ édi-tion)..................... 3.5o
Watteau, *Mœurs du XVIIIᵉ siècle* (3ᵉ édit.) 3.5o
Loyson-Bridet....... Mœurs des Diurnales, *Traité de Journa-lisme*..................... 3.5o
Ferdinand de Martino. Anthologie de l'amour arabe (3ᵉ édition). 3.5o
Camille Mauclair.... Jules Laforgue 2 5o
George Meredith..... Essai sur la Comédie.................. 2 »
Adrien Mithouard... Le Tourment de l'Unité............... 3.5o
Albert Mockel....... Emile Verhaeren..................... 2 »
Propos de Littérature.................. 3 »
Un Héros : Stéphane Mallarmé.......... 1 »
Jacques Morland..... Enquête sur l'Influence allemande....... 3.5o
Comte M. Prozor..... Le Peer Gynt d'Ibsen................. 1 »
Henri de Régnier.... Figures et Caractères (3ᵉ édition)........ 3.5o
Arthur Rimbaud..... Lettres de Jean-Arthur Rimbaud......... 3.5o
Marcel Schwob...... Spicilège (2ᵉ édition).................. 3.5o
Robert de Souza..... La Poésie populaire et le Lyrisme senti-mental..................... 3.5o
Archag Tchobanian.. L'Arménie, son Histoire, sa Littérature, son rôle en Orient.................... 1 »
. Vigié-Lecocq...... La Poésie contemporaine, 1884-1896 (2ᵉ édition)..................... 3.5o

Philosophie

mond Barthélemy. Thomas Carlyle (2ᵉ édition)............. 3.5o
.-B. Brewster...... L'Ame païenne........................ 3.5o
ules de Gaultier.... Le Bovarysme (2ᵉ édition)............. 3.5o
La Fiction universelle................. 3.5o
De Kant à Nietzsche (2ᵉ édition)........ 3.5o

Pierre Lasserre..... La Morale de Nietzsche (2ᵉ édition)....... 3.5d
Maurice Maeterlinck. Le Trésor des Humbles (28ᵉ édition)...... 3.5d
Multatuli.......... Pages choisies (2ᵉ édition).............. 3.5d
Frédéric Nietzsche .. Ainsi parlait Zarathoustra (6ᵉ édition)... 3.5d
                     Aurore (4ᵉ édition)..................... 3.5d
                     Le Crépuscule des Idoles, le Cas Wagner,
                         Nietzsche contre Wagner, l'Antéchrist
                         (4ᵉ édition)..................... 3.5d
                     Le Gai savoir (5ᵉ édition).............. 3.5d
                     La Généalogie de la Morale (5ᵉ édition).. 3.5d
                     Humain, trop Humain (1ʳᵉ partie) (4ᵉ édit.). 3.5d
                     L'Origine de la Tragédie (3ᵉ édition)..... 3.5d
                     Pages Choisies (5ᵉ édition).............. 3.5d
                     Par delà le bien et le mal.............. 8 »
                     La Volonté de Puissance, 2 volumes..... 7 »
                     Le Voyageur et son Ombre (Humain, trop
                         Humain, 2ᵉ partie) (4ᵉ édition)........ 3.5d
Auguste Strindberg.. Introduction à une Chimie unitaire....... 1.5d

Envoi franco

du Catalogue complet

sur demande

MERCVRE DE FRANCE

XXVI, RVE DE CONDÉ. — PARIS-VI°
paraît tous les mois en livraisons de 3oo pages, et forme dans
l'année 4 volúmes in-8, avec tables.

Rédacteur en chef : ALFRED VALLETTE.

**Littérature, Poésie, Théâtre, Musique, Peinture, Sculptur...
Philosophie, Histoire, Sociologie, Sciences, Voyages,
Bibliophilie, Sciences occultes, Critique,
Littératures étrangères.**

REVUE DU MOIS

Épilogues (actualité): Remy de Gourmont.
Les Poèmes : Pierre Quillard.
Les Romans : Rachilde.
Littérature : H. de Régnier, R. de Gourmont.
Littérature dramatique : Georges Polti.
Histoire : Marcel Collière, Edmond Barthèlemy.
Philosophie : Louis Weber.
Psychologie : Gaston Danville.
Science sociale : Henri Mazel.
Sciences : Dr Albert Prieur.
Archéologie, Voyages : Charles Merki.
Questions coloniales : Carl Siger.
Romania, Folklore : J. Drexelius.
Bibliophilie : Pierre Dauze.
Ésotérisme et Spiritisme : Jacques Brieu.
Chronique universitaire : L. Bélugou.
Les Revues : Charles-Henry Hirsch.
Les Journaux : R. de Bury.
Les Théâtres : A.-Ferdinand Herold.
Musique . Jean Marnold.
Art moderne : Charles Morice.

Art ancien : Virgile Josz.
Publications d'art : Y. Rambosson.
Le Meuble et la Maison : Les Xiii.
Chronique de Bruxelles : G. Eekhoud.
Lettres allemandes : Henri Albert
Lettres anglaises : Henry.-D. Davray.
Lettres italiennes : Luciano Zuccoli.
Lettres espagnoles : Ephrem Vincent.
Lettres portugaises : Philéas Lebesgue.
Lettres hispano-américaines : Eugenio Diaz Romero.
Lettres brésiliennes : Figueiredo Pimentel.
Lettres néo-grecques : Giorgios Lampeletis.
Lettres russes : E. Séménoff.
Lettres polonaises : Jan Lorentowicz.
Lettres néerlandaises : A. Cohen.
Lettres scandinaves : Peer Eketræ.
Lettres hongroises : Zrinyi János.
Lettres tchèques : Jean Otokar.
Lettres turques : Dihçer Bey.
La France jugée à l'Étranger : Lucile Dubois.
Variétés : X...
Publications récentes : Mercure.
Echos : Mercure.

ABONNEMENT

France		Étranger	
UN AN...............	**20** fr.	UN AN............	**24** fr
SIX MOIS...........	**11** »	SIX MOIS...........	**13**
TROIS MOIS.........	**6** »	TROIS MOIS.........	**7** »

ABONNEMENT DE TROIS ANS, avec prime équivalant au remboursement de l'abonnement.

France : 50 fr.	Étranger : 60 fr.

La prime consiste : 1° en une réduction du prix de l'abonnement; 2° en la faculté d'a ter chaque année 20 volumes de nos éditions à 3 fr. 50, *parus ou à paraître*, aux absolument nets suivants (emballage et port *à notre charge*) :

France : 2 fr. 25	Étranger : 2 fr. 50

9 782019 986087